KB122958

그 너머의 시

황금알 시인선 239

그 너머의 시

초판발행일 | 2021년 11월 27일

지은이 | 오하룡
펴낸곳 | 도서출판 황금알
펴낸이 | 金永馥
주간 | 김영탁
편집실장 | 조경숙
표지디자인 | 칼라박스
주소 | 03088 서울시 종로구 이화장2길 29-3, 104호(동숭동)
전화 | 02)2275-9171
팩스 | 02)2275-9172
이메일 | tibet21@hanmail.net
홈페이지 | http://goldegg21.com
출판등록 | 2003년 03월 26일(제300-2003-230호)

값은 뒤표지에 있습니다.
ISBN 979-11-6815-010-2-03810

*이 책은 경남문화예술진흥원 GYEONGNAM CULTURE AND ARTS FOUNDATION 의 문화예술지원을 보조받아 발간되었습니다.

그 너머의 시

오하룡 시집

황금알

| 시인의 말 |

『시집 밖의 시』를 낸 지 4년 만이다.

증언적 관찰자로서의 사명을 감히 지향해 왔으나

어림없는 비겁하고 허약한 간극만 드러내고 있다.

거기다 나이 탓인지 이제 감성이 더 무뎌져

억지 끌쩍거림의 부끄러운 자책감에 억눌리고 있다.

그러나 시력이 버티는 한 결코 정면 주시에는

게으르지 않을 것이다.

독자 여러분들의 너그러운 해량에 기대하는 바 크다.

차 례

1부

2부

3부

4부

5부

6부

1부

낯설다

살 만큼 살았는데
볼 만큼 보았는데
겪을 만큼 겪었는데
저 길
왜 낯설지?

그런 적 있었나 싶고
저런 한창 적 있었나 싶고
생전 처음 같은
저 지나온 길
왜 낯설지?

부끄럽다

가만있으면
가만있어서 부끄럽다

가만있지 않으면
가만있지 않아서

돌아보면
돌아보아서 부끄럽다

돌아보지 않으면
돌아보지 않아서
부끄럽다

안부

안부는
묻는 것이다

알고도 묻고
모르고도 묻는다

대답 혹은
답신 역시

알고도 묻고
모르고도 묻는다

회전

나는 돌고 돌았나니
어디가 어딘지도 모르고
뭐가 뭔지 모르고
때로는 도는 줄도 모르고
어지러워도
나는 돌고 돌았나니
용하게 쓰러지지 않고

동전

동전 한 개를 던져
어느 한쪽이 나오게 하는 것은
놀이고 재미다
나도 하고 너도 하고
점심 내기 막걸리 내기도 하는,

그런데 그 동전이
던질 때마다 어느 한쪽만
신이 붙은 듯 계속 나온다면
그건 재미가 아니다
너도나도 불행한

그 이름들

누구라고 그 이름
꼭 집어 부르고 싶을 때가 있구나
노산 선생 불명예 만든 사람들
그 불명예 씻어 줄 사람들
그 이름들 또렷이 부르고 싶을 때 있구나
그들 생각 고쳐먹으면
그들이 잘못 생각하고 있는 것 금방 바로잡아지고
노산 문제 일거에 풀릴 수 있는 그 이름
지극히 강하면서 지극히 미약한 이름들
도저히 부끄러움과 겸손을 익히지 못한 사람들
한쪽으로 기울어져
도저히 평형이 이뤄지지 않을 위험한 사람들
책임 있는 일 다 한 양 교만한 사람들
틀림없는 그 이름들
또렷이 부르고 싶을 때 있구나
이렇게 벼르고만 있을 게 아니라
불러버리면 될걸

노송 그늘 밑 저기

이쪽도 저쪽도
저 너머도
등짐 풀고 혹은 지게 받쳐놓고
더러는 땀 닦고
더러는 다리 죽 뻗고
쉬는 사람 보인다

더러는 벌렁 드러누웠다
더러는 자신도 모르게
신음처럼 한숨 내쉬고 있다
저기 노송 그늘 밑
지치고 고단한 사람들
지금도 보인다

언제까지 보일러나

어떤 칭찬
— 유자효 시인

유자효 시인의 마산문협 강연을 듣고
이날 축하 노래를 한 테너 정태성은,
"목소리가 너무 좋아 성악을 하였으면
좋을 뻔 하였습니다." 한다
달필 달변의 수필가 윤용수는,
"많은 강연을 들었으나 졸지 않고
들은 시간이었습니다." 한다
다수 마산문협 회원들에게서는
방송인답게 미성美聲에 미남美男이라는
즉석 찬사를 듣는 유자효 시인

신 부잣집

마산의 원로 기자
김용복(1937–) 시인에게 이끌려간
마산 중성동 옛 신 부잣집* 현장

선명한 도로명 표시
'오동서7길 18'
〈돌담 주차장〉 간판 달고
늙은 돌담이 지키고 있다

돌담만큼 나이든 배롱나무가
무슨 의미인지
주차된 자동차들 사이로
힘없이 웃는지 우는지 애매하다

* 신 부잣집: 근대 마산어시장 무대로 이름났던 부자. 김용복, 『마산사랑, 향기로 남다』, 196쪽, 2017.

잊혀진 애국자

그는 고난의 한평생
애국의 실천적인 삶을 살았다
한 시도 나라를 생각하지 않은 적 없이

그런 그는 불행히도
후손은커녕 어디 묻혔는지 흔적도 없다
이 밤, 그가 원통해서 잠 설치고 있다

아니 그들이 원통해서 잠 설치고 있다

공과 과

누구나 공功과 과過가 있다는 말, 진리가 되었다
이 진리는 공과 과를 균형 있게 보라고
공이 많으면 공을 인정하고, 과가 많으면 그 과를
그대로 인정하여 삶의 반면교사로 삼으라고 한다
그런데 현실은 공이 아무리 많아도 뭉개기를 하고
과가 아무리 적어도 부풀려 가치체계를 흔든다

노산 이은상 선생 단골

파초여관, 갑을 식당, 고달순 곰탕집
이런 집은 한때 마산의 명소
노산 선생이 마산 오면 찾는 단골집*

노산鷺山 선생이 세상 떠나자
이들도 덩달아 떠나 버렸다

* 합포문화동인회장을 지낸 마산 토박이 조민규 선생 전언.

그 너머 시 쓰기

유의미 시에 싫증 난 시인
무의미 시를 등장시켜
한 시대 풍미했던 시절 기억하지

유의미, 무의미에 싫증 나면
어떤 시 쓰기로 넘어갈까

그 너머 시 쓰기는 어떤 것일까

그 누구도 실현 못 한, 대단할는지
그렇지도 않을
천하 없는 어떤 길은 있을는지

이런저런 얼핏 스치는 것은
유의미 무의미를 왔다 갔다 하는
그 짓의 반복 같은데

그 너머 시 쓰기는 어떤 것일까

* '이 저녁' 일부 개작

손 안 가는 시

음식, 고루 먹어야지
만든 사람 차린 사람 정성도 있고
고루 먹어야지
영양도 고루 섭취하고
그러나 먹다 보면
어떤 것은 그릇이 비고
어떤 것은 손도 안 간 것이 있다

시詩도, 고루 읽어야지
공부를 위해서도
쓴 사람 성의를 생각해서라도
같이 시 쓰는 동류의식에서라도
고루 읽어야지 그러나
남는 반찬 같은
손 안 가는 시가 있다

이 버릇
— 여든의 길목

눈치 보았지
어디서나 눈치 보았지
사는 건 눈치 보는 것이라지만
앉으나 서나 주변 살폈지

편하면 편해서
불편하면 불편해서
여기저기 살피는 버릇
진작 버려야 할
못난 버릇,

버리지 않아도
버려질 시점에도
끼고 다니는 이 버릇

영정엄마

벽에 걸린 영정엄마
한 번씩
만져보고
볼 비벼 본다

생전에
그 따신 때
볼 비빈 적 있었던가?
차갑게
감촉되는 영정 엄마

인내

대통령을 지낸
그가 그의 고향 부엉이바위에서,

현직
한 국회의원이 동생이 사는
17층 아파트에서,

별 셋 장군
전 기무사령관이
지인의 13층 사무실 건물에서
뛰어내렸다

책상 앞에 또렷이
"인내는 쓰나 그 열매는 달다"
붙여놓은 청소년들에게

인내할 수 없는 것은
뛰어내리는 것이라고,
그렇게 할 수는 없고

해변의 다른 이름

마산만 한쪽 해변 맑고 푸른 해변

바라만 보아도 눈부신 모래 해변

그러나 이제 내 의식 바탕에는

거기 시체가 떼로 떠밀려 들어

차마 눈 뜨고 볼 수 없었다는 해변

어디선가 아무 죄 없는 사람들을

바다 가운데로 실어가 무참하게

몰살시켰다는 그 한때의 소문

그 흉흉한 이름으로 펼쳐져 있느니

아– 무엇으로 이 이름을 지울거나

면회

언니, 입원 중인 외로운 언니
쑥떡 찌고 김밥 싸고
음료수 사 들고 찾아가네

언니, 자주 못 찾아 미안해,
먹고 싶은 것 많았지 미안해

언니 앞에
주섬주섬 풀어놓는 음식

이때 차가운 소리 들리네
많이 드시면 고생 많이 하시니
조금만 드리십시오

그 말 들었는지 말았는지
언니, 허겁지겁
쑥떡 김밥 입 미어지게 드시네

우리 언니, 천천히 먹어요

다음 또 올 때 많이 싸 올게
천천히 들어요, 언니

멀리 선 요양보호사 표정
찌푸렸다 풀렸다 하네

동생분, 언니- 저 음식 다 드시면
화장실 다니느라 욕보십니다
기지개 갈기 너무 힘듭니다

골짜기의 다른 이름

골짜기 하면 숲이 먼저 나서느니

맑은 물소리 바람 소리 이름이 나서느니

그러나 언제부터 그 이름은 아니느니

그 숲은, 그 곰절 골짜기 숲은

그런 이름으로 나서지 못하느니

세월이 참 많이도 흘렀는데도

답답하고 안쓰럽고 막막하게도

언젠가 내 어릴 적 얼핏 들은 기억

사람들이 떼죽음 당했다는 소문

친구 아버지 시체가 거기 있었다는

그 친구 어머니가 그 이후 미쳤다는

흉흉한 소문 그 이름으로 나서느니

아– 무엇으로 이 이름을 지울거나

2부

지금 이곳

지금 이곳, 여기가
내 사는 곳이다
내가 사는 집이다

지금 거기는
그대 사는 곳이고
그대 집이다
눈 돌리지 말자

그대 살 곳 내 살 곳
그대 집 내 집
딴 데 있는 것이 아니다
헤매지 말자

지금 그곳, 지금 이 집
여기가
그대와 내가 사는

어떤 무엇이 작용하여

알게 모르게
나는 너를, 너는 나를
자로 재고 저울에 단다
세상을 알면서
아니, 세상에 떨어지면서
속부터 겉까지 골고루
너와 나 사이
그냥 만남이 만남 아니고
말이 말 아니다
그냥 웃는, 웃는 게 아니고
우는 게 우는 게 아니다
아니, 우리 사이
어떤 무엇이 작용하여
알게 모르게

가야, 가락국이 온다

참 부끄럽다
내 주변에 가야국
무덤들 저리 널려있는데도
가락국 존재 몰랐다니
아니, 별 관심 없었다니

원근 얼마 움직이지 않아도
김수로 왕릉 비롯하여
그 많은 김해 금관가야 고분
사방 널린 흔적 지천인데

함안 말이산 가야 고분군
좀 멀리는 창녕 비사벌 고분군
고성 소가야 송학동 고분군 등등

창원지역도
아니 경상도 모두
옛 가락국 터전이었고
내 자신도 그 후손인걸
깨닫지 못했다니

어떤 지역 전설

교장을 40여 년 하고 퇴임한 한 사학 교장이 있다 그가 한창때 지역 한 대학졸업식장에 축하차 간 적 일이다 총장이 졸업 연설을 하며 졸업생 하나를 특별히 소개하였다 그 어렵다는 신춘문예에 당선한 졸업생이라고 하였다 졸업식이 끝나자 그는 이 졸업생을 자신의 학교 교사로 선뜻 채용하였다 교장은 마산무학여고 서익수 교장이었고 행운의 교사는 성선경 시인이었다 이제 서익수 교장도 학교를 떠났고 중견이 된 성 시인도 얼마 전 교사로서 명예 퇴임하여 하나의 지역 전설이 되었다

재미를 위하여

아나운서처럼
말하지 마세요
바로 알아들으면 싱거워요
말도 말의 사전을 들추어
겨우 알아듣게 말해야 해요

저 말 무슨 말이더라
생각하고 생각하다
미심쩍어 사전을 들추도록
(보자, 말 사전이 있던가? 어떻든)
그리하여 그 말이 그 말이었구나
그 뜻이었구나 하게

시도
바로 알아보게 쓰지 마세요
쉽게 쓰면 싱거워요
무슨 뜻이지 무슨 뜻이지?
헤매다 사전을 뒤적여
그 뜻이 그 뜻이었구나

그 뜻이었구나

아니, 아무리 찾아도
그 뜻 찾지 못해 팽개치는 사전
재미있지 않나요?

이 아침 비노니

저 이념 과잉시대처럼
'적폐'가 그 '반동'과 동의어 되지 않기를
그때처럼 막무가내 무법천지
그런 비극 시대 다시 오지 않기를
그런 그림자도 밟는 일 없이
제발 통일이 성큼성큼 오기를
이 아침 비노니

둥근 지구

둥근 지구를 보고 안다

깎이고 깎여 지구가 되고

둥근 지구가 되고

깎이고 깎여야

우리 삶이 된다는 것을

정규화 묘비

2007년 세상을 등진 정규화 시인
10주기를 맞아 몇이 묘소를 찾았다
그는 평생 '시詩'로 단단히 무장武裝했었다
헌데 그 무장을 누가 해제시켰는지
묘비에 '시'가 텅 비어 허전하였다

한여름 한때

창원은 골프장 살인사건의 발생지로 유명해졌고
서울은 아흐레 동안 남녀 그 살인자가 감쪽같이
숨어 있다 잡힌 곳으로 유명해졌다고
이런 유명세는 정말 기억에 머물지 않았으면 싶다고,
창원과 서울 지인이 부질없이 한탄처럼 한숨처럼,
전화 안부를 나누는 한여름 한때

나직이 묻는다

일제 때
추산 정수장 시절 흔적
마산박물관 돌계단

그 돌계단이
나직이 묻는다

오르내리기 힘들지?
나이도 있으니
다리 아프고 숨차지?

백여 년 전 그때와
무엇이 얼마나 달라졌지?

어떻게 달라졌지
나직이 묻는다

일제 잔재 돌 두 개

마산박물관 뒤
문신미술관 골목 입구

'山明水淸' 子爵 齋藤實 書
(산자수명 자작 재등실 서)*

'水德无疆' 板垣只二 書
(수덕무강 판원지이 서)*

음각으로 글씨 또렷한 돌
화단 기단으로 놓여있다

묻어버리지도
깨어 없애지도 못하고

너와 내 의식 속
견고하게 놓인
일제 잔재 돌 두 개

* 재등실: 제5대 조선총독.
* 판원지이: 제15대 마산판윤.

그 이름 낡았으나
— 가수 윤심덕 연극인 김우진

참 오래된 흘러간 노래다
그 노래 〈사의 찬미〉 흥얼거리면
윤심덕 낡은 이름 떠오른다

대한해협 관부연락선
함께 투신한 애인 극작가 김우진도

그래서인가
얼마 전 목포문학관에서
영상으로 두 사람
그 흔적 보았더니

윤심덕은 가수 윤심덕으로
김우진은 필체가 아름다운 극작가로
그 이름 낡았으나 그리웠다

한글날

길 가다가 괜히
무슨 검증관이나 된 듯
이 건물 저 건물
간판 기웃거리나니

간판 중에
유독 어지러운 간판 보고는
괜히 어색해하고
낭패스런 표정 짓나니

그러다가 땅 헛짚고
뒤뚱대다
다른 길가는 사람
미소 짓게도 하느니

대통령 두 사람
— 작곡가 윤이상 독일 산소 푯말

동백 한 그루
독일에 잠든
동포 작곡가 윤이상 무덤에 심어졌다

이 동백은 윤이상 고향 통영 꽃
고향 그리는 고인의 심정 헤아려
갖다 심어준 것이야
그 어떤 이야기 걸리적거리더라도
결과는 훈훈하다

그러나 그 꽃 심어놓고
거기 세운 푯말 거슬리는 건
이 초췌한 늙은이 눈 탓인가?

아무리 보아도

'대한민국 대통령
문재인 김정숙'

한 것은, 대통령이 두 사람 같은데

문재인은 대통령이고 김정숙은
그 부인이 아닌가?

그렇다면 그렇게 써야지
되는 것 아닌가

우리 이름 서양식 쓰기 바른길은?

서양식 이름표기는
'이름'은 앞에 '성'은 뒤에 쓴다고
겨우 알파벳이나 아는 나 같은 무지렁이도
그것을 무슨 철칙으로 알고

어쩌다 한 번씩 쓸 때에도
개발새발 'HA RYONG OH' 라고
이름은 앞에 성은 뒤에
그려서라도 따르려 하는데

한국일보 이정모 칼럼(2017.7.11)*은
우리 이름 이대로 표기되면 안 되겠다는
생각이 들게 하는데 내용인즉,

동포 작곡가 윤이상을 ISANG YUN이라
써 놓았으나 독일 사람들은
이름이고 성이고 가리지 않고 그냥
'이장윤'으로 읽고 부른다니 황당한데

요즘 보니
성이 어떤 때는 앞에 어떤 때는 뒤에
오락가락하는데
주권국가답게 우리 나름 원칙을 가지고
세계를 설득해 가면 어떨는지

* 필자 이정모의 설명: ㅅ은 독일어 모음 앞에서는 ㅈ 발음이 된다고 함.

역사는 반복된다지만

— 독재자 베니토 무솔리니

누가 그랬지
역사는 반복된다고?

싫든 좋든 어쩔 수 없이
반복된다고

저 1945년 4월 28일 이탈리아
밀라노 로레토 광장 주유소 건물

푸줏간 고기처럼 거꾸로 매달린
독재자 베니토 무솔리니 시신

욕설과 침 뒤집어쓰고
늘 동반하던 여자도 함께

사진으로 보는데도 이 장면
끔찍하여 소름 끼치는데

아무리 역사는 반복된다지만

이런 장면
다시는 안 보게 되기를
빌고 바라지만

제주 4 · 3사건에게

그때는 그랬지, 어리석게도
너와 나 생각이 다르면
서로 이 지상 퇴출退出을 해결책으로
밀어붙였지

그리하여
날 선 총칼부터 들었지
그때도 소통의 따뜻한 말은 있었지만
그러나 그 어떤 말도
백안시白眼視하고

그때는 그랬지, 어리석게도
애국은 결코
피의 상쟁相爭이어서는 안 되는 데도
통일은 결코 그런 통일이어서는 안 되는 데도

70년이 지나서
저 널린 침묵의 묵뫼를 보고서야
가슴 치느니

몽상의 배 한 척

— 세월호 영령들에게

나는 내 마음에 드는 마음의 배 한 척 만든다
이 배는 바다만 떠다니는 게 아니라 공중에도 날고
자동차처럼 육지도 다니는 특별한 배다

지금 이 세상 세계를 누비고 다니는
온갖 멋진 관광선, 호화 요트 그런 모든 존재하는
배를 포함하여 그 무슨 기막힌 배라고 한들
내 마음의 배에는 상대가 안 된다

더욱 얍삽한 장삿속으로 만든 배가 아니다
과시하고 일신 영달을 위한 것이 아니다

이 배에 나는 내 마음의 가장 따사롭고
편안한 마음을 담아 이번 세월호에서 아깝게
숨져간 사람들을 태워 하느님 나라에 보낸다

걱정 없는 진짜 하느님 나라에 띄워 보낸다
그리하여 그들이 하늘나라에서 사고 없이
아픔 없이 평안한 안식을 길이 누리기를 빈다

* 일부 수정하여 게재: 문학인, 인터넷 일간 문예뉴스, 2014. 5. 23.

3부

애

태우는 것 끓이는 것이
본연이라면

이 용어 있더라도 안 쓰면 안 되는가
안 쓰면 아예 사라질 게 아닌가

하는데,

쓰다 보면
되기도 하는 일도 있다고
속삭이는 소리도 들리니

적폐

적폐 청산

앞에도 뒤에도 쌓인
주체할 수 없이 쌓인
너를 가리고 나를 가린
성벽 같고 안개 같고
치우면 다시 쌓이고
치우면 다시 가리는

그 적폐청산

그러나
이미 뼈가 되고
살이 되어
치우는 내가 적폐이고
가리는 네가 적폐이니
너도 치우고 나도 치워야
답이 거기 있나니

문신로를 걸으며

자산동 내 둥지에서
성호동 주민센터 옆
출판사까지 걸어서 20여 분 거리

요즘 유행인 건강 걷기로
이보다 좋은 길이 있을까 싶은
알맞은 굴곡과 적당한 오르내림
안성맞춤 길이다

무엇보다 문신기념관
그 앞에 다소곳이 앉은
마산박물관은
잠깐씩 길동무를 해 준다

이원수 선생 '고향의 봄' 쓴
성호초등학교가 인근 골목에 있고
마산지역 불교의 요람
'정법사'도 자리한다

문신로文信路답게 화가 문신을
생각하는 시간은 날마다 수확이다

"노예처럼 작업하고
서민처럼 살고
신처럼 창조한다"는 문신의 말
이 길 아니면 어디서 듣고 되새길 수 있으랴

나는 지금
나의 삶에 질문을 던진다

내가 하는 출판사 일
내가 쓰는 시
내가 보내는 일상에 질문을 던진다
'거기 무슨 의미가 있느냐'고

마음속 사진 한 장

일제 때 사진 한 장 걸려있다
낡고 색 바랜 사진

100년 세월
얼마나 바뀌고 바뀌었나?
사나운 설한풍 얼마나 지나갔나?

이끼 낀 돌계단 배경 깔고
추산공원 돌계단 사진 한 장

실제는 걸리지 않았으나
걸린 이상으로
내 마음속 사진 한 장

걸렸으니
자꾸 쳐다보게 된다
볼수록 어둡게 비치는데도

구형왕릉에서

한 갓 전설일지나
가락국 오백 년
절절한 사연 어찌 헤아리랴

경상도 산청 외진 골짜기
가락국 마지막 구형왕릉

돌 층층 쌓여
층층 사연 풀어 놓누나
귀 기울이게 하누나

불경 소리

합천 생각하면
나는 큰 절 해인사 생각한다
그 절 뒤에 웅장하게 자리 잡은
팔만대장경이 있어서인가
내 귀에 불경 웅웅 들린다
그냥 들리는 게 아니라
내 의식 속 일체 다른 소리는
깡그리 먹통 만들고
낭랑한 스님 음성에 실려
불경만 웅웅 들린다
불경 제대로 읽어 본 적 없어
불경만 들어도 부끄러운
내 귀에 가슴을 후비듯
그러다가 어느 사이
나도 모르게 무아경에 드는

종치기에 대하여

석굴암 입구 종각
언제 세워 졌나?
우람한 큰 종 관심 끄네
나는 그냥 지나치는데
일행 몇이 한번 쳐보자 하네
그래 그래 쳐보자
치기 위한 종인데 쳐보자
헌데 공짜가 아니네
한번 치는데 천원
돈 낸다고 그냥 치는 게 아니네
마음 모아 빌어야 하네
나는 뭘 빌까
난데없이 마누라 생각나네
나로 하여 병치레하고 있어 설까
이런 경우 먼저
국운 빌어야 하는데
나는 애국자는 틀렸나 보네

갑갑네 답답네

— 남북에게

너희는 우리에게
갑갑네고 답답네다

우리도 너희에게
갑갑네고 답답네다

별수 없이 우리는
갑갑네고 답답네다

버림받지 않기 위하여

100세 김형석 교수가 2019년 5월 10일 자
동아일보 칼럼에서 이렇게 한 말.

“대통령과 국민의 거리를 멀게 하는 요소는
청와대와 여당 일부의 국민을 얕보는 고자세에 있다
겸손한 지도자는 존경을 받으나 거만한 지도자는
버림을 받는다.”

신문에 난 걸 왜 다시 읊조리느냐고?
버림받아서는 안 될 것 같아서

강화 광성진에서

그날
신미양요라는 이름의 현장 광성진은
미군의 불법 상륙으로 슬프게 떨었겠다

그들 현대화된 무기 앞에
활과 창 재래무기로 대적하는 우리 군대
용기만은 가상하였으나
'수帥'기 붙들고 죽자 살자 얼마나 무모했던가

'수帥'자 기旗는
전리품으로 맥없이 적군인 미군 수중으로 들어가고
신음 소리 가득히 널린 시신들
바람만 사납게 설쳐 댔겠다

저기 언덕 아래 무명용사 무덤이
쓸쓸히 줄지어 증언하고 있구나

어재연 어재순 형제여

저 답답한 조선말기
우리 참 군인 어재연魚在淵은 광성진의
방위대장 순무중군이었다
그는 출중한 용기 있는 장수였으나
어쩌나, 현대화된 미군 앞에서는 중과부적
마침 형을 따라 참전하고 있던
동생 어재순魚在淳과 함께 장렬히
전사하고 말았나니
그들 형제의 전적비를 쓰다듬으며
그 고귀한 이름을 되새기는
참으로 어느 무심한 하루여

동지, 동무에 대하여

'동지'란 말, '동무'란 말, 얼마나 정겨운 우리말인가
그 말 공산주의자들 상투적인 입에 발린 빈말이 되어
상처로 뭉쳐 세상 풍미할 줄 꿈에라도 뉘 알았으랴
한 시대 철저히 풍비박살 나고야 미망에서 헤어남이여
아니, 우리 반쪽 땅 아직 그 미망 즐기니 고약한지고

가야시대 순장자殉葬者에게

2000여 년 생판 후손
이리 살 떨리고 소름 돋는데

얼마나 억울하였으리
얼마나 원망했으리
얼마나 몸부림쳤으리

아– 상상만으로도
이리 살 떨리고 소름 돋는데

어떤 공포

어떨 때 나는 한없이 작아져
이러다 내가 어디까지 작아질까?

어떨 땐 한없이 커져
이러다 내가 어디까지 커질까?

살펴보면 이리 보나 저리 보나
그럴 리 결단코 없는데

까닭 없이 공포에 질릴 때 있나니
질리고 질려 아무것도 안 보일 때 있나니

울산 슬섬에서

슬섬*의 돌은 그냥 돌이 아니네
모두 노래를 품은 돌 가수이네
박종해 시인 초대로 방문한 날
웬 강풍인가 했더니 놀라웠네,
그 돌들이 나를 위한 연주를 하니

* 슬瑟섬; 울산 해변에 있는 섬 이름.

백두산 서파에서

북파가 오르기 쉽다는데
웬 서파인가?
불경한 불평을 해서인가

많은 선험 자들이
영험 운운 말할 때
'가볍게 웬 영험?'
해서인가

계단에 막 이르자
난데없이 비바람이었다

비 맞은 생쥐
꼭 그 꼴로
주변 지인 신세를 지면서
가까스로 올랐으나

천지는 결코
돌린 고개를

바로잡지 않았다

나로 인하여 이날
일행 모두가
피해자가 아니었기를!

귀국해서도 아쉽고
오래 미안하였다

바닷속 나라, 이어도

이어도는 남해바다 속 나라
살아서는 못 보고 죽어야 보이는 섬
살아서는 못 가고 죽어서 가는 섬
이어도 이어도 환상의 섬 이어도

이어도는 제주 남쪽 외로운 섬
육신으론 못 가고 영혼이 가는 섬
영혼끼리 어울려 영혼으로 사는 섬
이어도 이어도 몽상의 섬 이어도

이어도는 바다 나라 사람들의 섬
바다에서 살다 바다에서 죽는 섬
이어도 노래는 바람 노래 파도 노래
이어도 이어도 극락의 섬 이어도

이어도 어디 있나

이어도 어디 있나 어디 있나
이어도 이름은 섬인데 어디 있나
아무도 본 사람 없고 이름만 떠도는
이상한 섬 이어도 어디 있나

이어도 어디 있나 어디 있나
이어도 이어도 환상의 섬 어디 있나
아무도 본 사람 없으니 더 궁금한
이상한 섬 이어도 어디 있나

이어도 어디 있나 어디 있나
이어도 이름이 섬이니 바다에 있나
아무도 못 본 섬 그 누가 이름 지었나
이상한 섬 예쁜 이름 이어도 어디 있나

아버지

깨닫네, 그래서 제사가 소중함을,
"아버지 신위"라고
쓰고서야 아버지 떠 올리네
오구출吳九出 호적명 오재식吳在植
두 살 적 전란 피해 일본 오사카 오지
경사 심한 산판에서 벌목 작업하다
그 나무 실은 수레에 깔려
비명횡사했다는 아버지
그 마지막 순간 엷게 끼던 눈물
지금 그 아들 눈에 번지는가
어쩌는가 손수건 꺼내 닦네

어떤 영상
— 피사체

늙은 일안렌즈로 담은 것이나
한동안 유행이던 디지털카메라
혹은 요즘 누구나 손지갑처럼
쥐고 다니는 스마트폰으로
슬쩍 한 것이나 똑같은 영상인데
작게 보면 청년과 노년, 크게 보면
생生과 멸滅의 피사체뿐인데

4부

미망迷妄

언제는 내 앞에 당연한 듯 있고
언제는 당연한 듯 없는 너
궁금하고 아쉬워 만나고 싶으나
당연한 듯 있으면서 없는 너

허망에게

너와 나 존재여,
어린 날 저 철없는 부모에게 걸려
태어나자마자
목 졸려 쓰레기통 혹은 화장실에
버려지지 않은 것에 대해

아예 인간이길 포기한
저 계부모繼父母 혹은 정신 장애로 하여
낯설게 매 맞고 굶주려 떨다
어느 산골에
암매장되지 않은 것에 대해

이 요행에 대해
고맙고 고맙다,
반응하면서도

무슨 초월의 유전자인가
입안 맴돌다 거칠게 터져 나오는
이 시대 저 말 안 되는 잔인을
고발하고 싶으나
고발할 데 없는 허망이여

식食과 향皀의 가르침

지금 기력이 날로 쇠약하여
쓰는 것도 읽는 것도 힘에 부쳐
서글프기 짝이 없는 데
그럴수록 배우고 익힐 것은
정신 못 차리게 앞을 막느니

존경하는 윤재근 선생께서
며칠 전 헷갈리기 쉬운 한자漢字
몇 자 정신 번쩍 들게 짚어 주시니
혼자 새기기에 심히 아까운지라
시 형식 빌려 여기 소개하노니

가을 수확한 곡식 먹거리를 쉽게
'천식天食'으로 쓰고 '천식'으로 읽는데
쓰기는 그래 쓰나 읽기는 천사 즉,
먹을 '식食'이 아닌 먹거리 '사食'로
읽어야 하는 가르침이니

거기다 꿀은 천사향天食香이라 하는데

같은 뜻이나 그냥 '향香'자를 쓰면
천박한 기생 분냄새로 인식되므로
진짜 '향'은 옛 체體인 흰백白 아래 마늘 모厶가 붙은
'향皀'자를 써야 한다고 일러 주시니
어찌 깊이 새겨 익히지 않으랴

어색한 시간
— 여든의 시

친절하고 상냥한 음성입니다
건강검진센터의 누구입니다
검진 대상이어서 전화 드립니다
나는 머뭇거리며 대답합니다
이제 더는 검진을 사양합니다
다시는 전화하지 말기 바랍니다
그래도 검진은 받으셔야지요?
친절하고 상냥한 음성이 떨립니다
미안-합-니-다
내 목소리도 떨립니다
어색한 시간이 지나갑니다

생일날
— 여든의 시

아버님, 이 옷 입어보시지요
색상이 밝고 환하다
아버님, 이 신발 신어보시지요
바닥이 두텁고 폭신해 보인다
나는 냉정해지려 애쓰나
쉽게 냉정해지지 않는다
겨우 한마디, 목소리가 떨린다
얘들아, 흥감하고 고맙다만
더 이상 이런 걸 사 오지 말아라

죽음에 대하여

죽음은 그냥 죽음이기를!

죽음은 슬픔만의 죽음이기를

어디서는 아픔이 되고
어디서는 원한이 되고
어디서는 흥정이 되고
어디서는 기쁨이 되고
어디서는 정치가 되지 않기를!

죽음도 가뿐한 죽음이기를!

그냥 죽음만의 죽음이기를!

희비

분단은 남북南北 분단만이 아니다
의식 속 동서東西의 분단
동남東南 서북西北 분단도 분단이다
지금 내 의식 속
든든히 자리 잡고 있는 분단
가족 중에, 친지 중에
어디에나 뿌리 하는 분단도 있다
미처 생각 못 했던 의식 바깥
저 어둠 속에도 저 불행
저 찬란한 호사 속에도 뿌리하고
한 몸 일체一切인 줄 알았던
무엇보다 든든해야 할 것이
지금 목하 대립하는 희비喜悲

잠행

— 임진각에서

임진강역 멈춰선 기관차를 깨웠다
녹슨 기관차가 제대로 움직이겠는가
내가 타자 염려 없이 기관차는 움직였다
기적도 덜컹거림도 없이 가는지 어쩌는지
그 누구와 눈빛 한 번 교환한 적 없이
북의 한적한 철길을 일사천리 잘도 달렸다
개성 평양을 거쳐 순식간에 신의주였다
강 건너 단둥이 잡힐 듯 보이는 국경
압록강 강물을 한 움큼 들이켰다
나는 맹인이 되었다가 벙어리가 되었다가
기분이 풀린 나는 잠시나마 혼미하였다가
그사이 잠든 기관차를 깨워 급히 돌아왔다
이런 행각 뉘 알랴 혼자 도취된 기분이었다
그러나 살펴보고 일행이 많아 깜짝 놀랐다

목례

나는 제2땅굴 앞에서
안내원 지시대로 헬멧을 썼다
안내원을 따라 우리 쪽 500미터
왕복 구간을 나섰다
그런데 난데없이 낯선 젊고
잘생긴 군인 한 떼가
씩씩하게 앞장서는 것이 아닌가
나는 뾰족뾰족 솟아있는 돌부리를 피해
조심조심 온몸으로 더듬으며
그들의 뒤를 숨 가쁘게 따랐다
나는 그들이 궁금하여 조금 불빛이
밝은 데서 명찰을 유심히 보았다

중사 김호영 김재대
하사 이현기 김홍섭 김명식
병장 송영복 김영용 김봉래

어디서 많이 본 이름들이었다
그립고 안타까운 이름이었다
나는 그들이 눈치채지 못하게
두 손을 모아 목례를 하였다

할미꽃

서운암 큰스님
손수 넓게 일궈놓은 야생화 꽃밭

천지가 내 좋아하는
등 꼬부라진 할미꽃이다

성파 큰스님도
억수로 할머니 사랑하셨나 보다

돌 하나

거기 외진 곳 돌 하나이기를
있는 듯 없는 듯 돌 하나이기를
그러나 있으나 마나 하지 않고
어릴 적 내 힘든 나무꾼 시절
앉아 쉬던 돌 같은 돌 하나이기를
쉬고 나서 눈인사 나누는 돌
돌아보면 거기 있었는지 어쨌는지
흔적 없는 돌 하나이기를

따지지 말자

그대 누구지? 따지지 말자
어디서 만났더라
언제 만났더라 따지지 말자
거기면 어떻고 아니면 어떤가
이도 저도 아니면 어떤가

이리 만나고 저리 스쳐 갔다
어떤 인연이더라 따지지 말자
잘 알고 모르고 따지지 말자
산다는 것은 따지는 것이나
따지지 않아야 평안하므로

질문

이제는
"그게 뭐지요?"
라고 묻지 않는다

모르면서도 다 아는 척
"아–예, 그게 그거지요?"
라고 답하면서
묻는다

마음 배

— 시인 정진석

부여에서 마산까지 그가 왔다
아침에 전화하고
무슨 딴 일 있느냐고
이런 때 나는 딴 일 있어도
있다고 못 하고 없다고 말해버린다
말해버리는 눈치 알아챘을까
만나면서부터
나한테는 말할 틈 주지 않고
자기 이야기만 늘어놓는다
부여 이야기는 당연하고 문학 이야기에
가족 이야기도 털어놓는다
만남은 이야기의 나눔 아닌가
시인 평론가에 문학박사에
평생을 교직에 몸담은 경험에
그의 얘기는 종횡무진이고
그저 나는 독자이고 청중이다
그가 마산에 온 게 아니고
부여에 내가 가 있는 것 같다
손님이라고 점심을 사겠다고 하자

아니라고, 그래선 안 된다고
'선생님이 저보다 나으시겠지만'
자신은 연금을 받으니
그 정도는 가능하다고
그래도 내가 고집을 피우자
화난 표정으로 점심값을 낸다
비록 분식집의 콩국수지만
나는 어느 날보다
기분이 가볍고 배가 부르다
그냥 배가 아니라
마음 배가 부르다

알츠하이머

입속말로 손가락 꼽으며 외운다
어찌 보면 조현병환자로 비칠 염려가 있지만
서정주 시인은 생애 말년 세계 명산 이름
수천 개를 외웠다고 했는데
게으른 나는 집으로 오가는 길
버스 정류장 이름을 외우고 외운다

부림시장
전신전화국
경남데파트
마산합포구청, 마산의료원
경동메르빌아파트
삼일정풍병원
중부경찰서
반월민원센터
연세병원
문화동

외우고 외우고

아직은 안심하는
회심의 미소
누가 웃든 말든

섬 배

바다 가운데
섬이다

섬일 뿐이다

그 섬이
어느 사이
배가 된다

물살을 가르고
파도를 헤치고

엔진 없이 달리는
즉석 배

알 것 같다

섬도 얼마나 떠나고
싶었는지를

밥 미안하다

밥 먹으며 밥 생각한다 냄비밥, 전기밥솥밥, 압력 솥밥, 돌솥밥, 하얀 밥, 잡곡밥, 윤기 나는 밥, 찰진 밥, 건강을 생각하는 밥, 살찌는 걸 염려하는 밥, 아내가 밥맛이 어떠냐고 묻는 밥, 요즘 밥 먹으며 밥 씹으며 미안하다 왠지 밥보면 옛날 밥 생각나서 미안하다 무밥, 강냉이밥, 고구마밥, 시래기밥, 꽁보리밥, 수수밥, 주책없이 배고프던 밥, 염치불구 배만 채우던 밥, 주변 둘러보지 않고 눈감고 욱여넣기 바쁘던 밥, 생각할수록 안쓰럽고 부끄럽던 밥, 밥 먹으며 밥 생각, 당연하나 부끄러운 밥 생각, 밥 남기고 반찬 남기고 요즘 밥 보면 참 미안하다

어떤 한 모습
— 한국작가회의

규칙을 그렇게 정한 모양인지
회원들의 길사吉事는 모르는 척하는데
흉사凶事 부고訃告는 문자로 철저히 알려온다
많은 회원이니 그럴 것이지만
하루에도 수차례 핸드폰이 드륵거린다
드물게 간혹 본인 상喪도 있으나
거의 부모상이 대부분이다
부모는 부모니 연세가 있어 당연한 듯하나
본인 상은 나이를 보니 나보다 젊은이도 있다
어떤 사연이건 안됐다는 생각
늙은 내가 젊은 그를 멀리서나마
어설프게 문상하는 낯선 모습이 된다
내 흉사 부고가 띄워지는 어느 훗날
어색한 한 모습 어른거린다

5부

인간의 길
— 알랭 로베르

맨손으로 고층 건물을 거미처럼 오르는 악바리
사진을 보니 작은 몸집 빼빼 약골 중 약골이다
그 약골의 몸으로 아무리 보아도 보통인 손으로
그 벽 타기가 인간의 길이라고 당당히 외치듯이
그렇게 사는 게 도리라고 외치듯이 알랭 로베르
프랑스 사람, 56세, 고향까지 알 이유는 없겠지

장미 몇 송이

매일 만나도 환하다
골목도 큰길도 환하다

조명 없으나
조명받은 것처럼

아무리 보아도
장미 몇 송이뿐인데

골목 환하고
기분 환하다

세상 환하다

추억의 자리
— 상남역

이쯤 상남역 자리겠다
아이들 통학으로 붐볐지
교복이 부러웠던 한 시절
이쯤 역전 문 씨 댁 자리였다
어머니의 새 가족 인척으로
나는 막일꾼으로 들락댔다
그 안방에 고급스런 장롱
문양 속의 호랑이
지금도 생생히 눈에 남구나
그 자리 짐작도 힘들고
시청 앞 넓은 광장 어디쯤
어린 날 외로웠던 한때의 흔적
너는 떠나고 나는 남았고

이선관 창동 허새비 시비

마산 창동 예술촌 골목
이선관의 창동 '허새비' 시비詩碑
이 비를
나는 생전의 이선관처럼 본다
왠지 미안하다
생전에는 그에 비해 멀쩡해서였고
지금은 그보다 오래 살아서

시인 백석 생각

내가 읽으며 만난 시인 백석,
마지막 흔적은 저 분단의 장벽 너머
북녘 외진 평안도 삼수군 관평에 있다
언감생심, 지금으로선 어떤 수단이든
실현 쉽지 않다는 것을 알면서도
그가 말년까지 실의에 젖어 부르짖었다는
'호미와 괭이로 조국의 흙에 쓴다'고 한
그 문학 그 흙 만져보고 싶다
뉘 거기 문학기행 주선할 사람 없소?

사랑

너는 사랑이고
나는 사랑을 꿈꾸는
사람이다

항상 달콤한
꿈속의 사랑
사랑하지 않을 수 없다

양념

참말과 나란히 놓고 고민하는 거짓말이 있다 참말만 남기고 거짓말은 깡그리 쫓아냈으면 싶을 때 있다 그러나 거짓말도 때로는 참말 뺨치는 지혜 반짝일 때도 있으니 인간사 양념이라 할까 "만수무강 백 세까지 사십시오" 이런 거짓 인사가 환상 같던 때가 있었다 백 세가 눈앞에 다다른 지금 이 인사는 인사가 아니라 실례가 되는 시대로 변했다 "만수무강 하십시오" 이제는 백 세 수식도 빠지고 이 공허한 거짓 인사가 언제까지 갈는지 아, 무한한 인간사의 양념이여

치죄
— 윤해영 시인

작곡가 조두남의 가곡 〈선구자〉
작사자 윤해영 시인
그의 작품에 일제가 주도한
〈오족五族, 오색기五色旗〉 담겼다고
친일 시인이라 매도하고
나중에는 결국 월북했다고
이래저래 거론될 인물 아니라고
그대들은 쉽게 단죄斷罪하지만
일제 강점기 곤궁한 만주 치하
그의 작품은 시대 반영이었다
지금도 분단의 암울한 현실에서
이제 그런대로 배부르다고
지난 시절 너무 잊고 멋대로
치죄治罪하는 게 말이 되는가?

남명 조식 어른

지금 산청군 시천면 산천재 가면
400여 년 전 조선시대 의롭게 산
큰선비 발자취와 홀연 만나느니
그 이름 섬광 같은 어른 남명 조식
성성자* 흔들고 경의검* 굳게 차고
흔들림 없이 지금도 그는 나서나니

* 성성자惺惺子: 정신 각성을 위한 방울.
* 경의검敬義劍: 단도 칼에 '內明者敬, 外斷者義'를 새겨 안으로 마음을 밝히고 바깥으로 올바름을 실천하려 함.

네가 본 지리산 내가 본 지리산

네가 본 지리산은 등성이고
내가 본 지리산은 계곡이다
아무리 눈 비비고 닦아도
네가 본 지리산은 등성이고
내가 본 지리산은 계곡이다
아니다 그 반대다
네가 본 지리산은 계곡이고
내가 본 지리산은 등성이다

아스라한 그

진주대로에서 만난 그
진주 골목에서 만난 그
남강 변에서 만난 그
남강 물에 어리는 그
촉석루에 어리는 그
유등으로 흐르는 그
진주 밖에서 만난 그
이제 이제 아스라한 그

가고파 노래

마산 사람들은 가고파 노래를 잘 안다
가고파 노래가 얼마나 고향다운지를

가고파를 흥얼거릴 줄 아는 사람은 안다
그 노랫말이 얼마나 곱고 아름다운지를

가고파 노래는 마산 상징이라는 것을 안다
마산 사람 아니 마산 그 자체임을 안다

키득대는 소리

이불을 덮다가
이불이 키득대는 소리를 듣는다
그냥 헝겊나부랭이 인 것이
그냥 천에 천연합섬 솜 감싸인 것이
뒤척일 적마다 겨우
부스럭대는 소리 내는 것이 전부인 것이
이불 속 무슨 비밀에 눈떠서인가
옛 우화 '임금님의 귀는 당나귀 귀'
흉내를 내는 것인가
이불이 키득대는 소리
이불 속이 키득대는 소리
귀 간지럽고 몸 간지러운데
비밀 그 시절도 한 참 지났는데

연당 전의홍 시인

오늘도 바튼소리를 읽는다 그 필자 연당 전의홍 동남일보 있을 때 '말과 글' 칼럼을 연재하였다 1991년부터 1996년까지 만 6년간이었지 아마 동남일보 사라지면서 중단되었던 그 칼럼을 경남도민일보가 생기면서 '바튼소리' 제목으로 연재하여 어언 또 6년을 넘어서고 있다 나는 그의 호 연당이라 부른다 호에 얽힌 비화랄까 일화랄까 가 있다 그가 진주 경남일보 기자일 때 강희근 시인 파성 설창수 선생과 합석한 자리였다 무슨 생각에서인지 강희근 시인이 즉석에서 연당燕堂이라 호를 지어 파성에게 보였다 강희근 설명인즉 그가 빈궁하면서도 언제나 깔끔한 외양인 게 어쩐지 제비처럼 보여 제비 '연'에 집 '당'을 붙여 호를 지었다고 했다 설명을 들은 파성도 공감을 했든지 어쨌든지 당장 그 자리에서 승낙하였다 바튼 소리는 1주일에 5회 한 번도 거름 없이 가장 관심거리 세상사를 시조형식으로 풀어가는 이 칼럼, 촌철살인 정평 나 있다 전형적인 아날로그 체질로 아직 인터넷은 생각도 않고 오직 볼펜 그것도 엎드려야 써 진다는 기벽을 가진 그는 자료를 수집하는 것이나 활용하는 것 철저히 전의홍全義弘식 전의홍적 아날로그이다

금혼식

1968년 12월 28일 그날을 어찌 기억하지 못하랴 독신을 고집했으나 자식 하나 바라본 모친을 실망시키기 어려웠다 인간이면 짝을 이루어야 한다는 삶의 도리 또한 어찌 외면할 수 있으랴 모친 살던 이웃에 그녀의 형제가 있어 낯설지 않아 결정이 쉬웠다 그래 만난 지 서너 달도 되지 않은 우리 나이로 나는 스물여덟, 그녀는 십팔세 나이 차이고 뭐고 몰랐다 설 쇠면 아홉수가 되니 그 아홉수가 좋지 않다는 속설에 바쁜 연말 혼사를 치렀다 그리고 반백 년, 어찌 우여곡절 많지 않았으랴 나는 삶의 기본 의식주 그 어느 것 하나 충족 못 하는 함량 미달인 존재 아내는 얼마나 답답하였으랴 그 답답으로 지금 아내는 골병을 얻어 골골하고 있으니 아, 아, 골백번 후회한들 보상 길 있으랴 그 인내에 감사를 보낸다고 보내지는 감사인가

황희 정승

"오형, 출판사 하려면
황희 정승이 되어야 하오"
임신행 형의 말,
그의 말 아니라도
황희 정승조차 탄복하게
살아온 것 같지만

무엇이 모자라

북녘은 북녘일 뿐이고
남녘은 남녘일 뿐이다

아무리 읊조리고
반추해 봐도

북녘은 북녘일 뿐이고
남녘은 남녘일 뿐이다

나는 무엇이 모자라
이 말에 목마르는가

의사 문한규*

이제 그의 흔적이라고는
그 무엇도 없는 문한규 의원 자리
경남데파트 앞을 지날 때면
3층 건물 무심코 보인다
2층 계단은 진찰실 입구
지금은 문방구점 상품이 쌓여 어지럽다
진료 때 당부하던 말씀
"체중 줄이시고 커피 좀 적게 마시지요"
청진기든 진지한 모습
어제인 듯 눈앞에 선하다
그때 환자는 이처럼 회억에 잠기고
그는 먼 길 떠난 지 한참 지났다
그는 유고 수필집 『오월에』를 남겼다

* 문한규(1934-2004): 내과 의사.

고성에서 생각나는 사람들

고성에 들어서면
고인이 된 고성 문인들 생각난다
평생 가난을 벗어나지 못했던
고성 토박이 김춘랑 시인 먼저 떠오르고
고성 고향 그리워
낙향해 하일면을 따뜻하게 가꾸던
국문학자 김열규 교수의 잔잔한 미소 떠오른다
그가 살던 집 정원의 큰 연리지 두 그루
지금도 잘 있는지
그 집에 지금 누가 살고 있는지

오래 사귀지는 않았지만
서울에서 만평 적막을 사겠다던,
전화를 나누면 끝없이 다변이던
서벌 시조시인 떠오른다
어린 시절 나무를 해 생계를 도왔다던
그 나뭇짐이 시인으로 만들었는가
그를 기리는 시비를 몇 해 전
고성문화원이 생가 주변에 세웠는데
지금쯤 명물이 잘 되어 가는지?

옛 그곳

걸음 시원찮은 한 늙은이
저승반점 잔뜩 뒤집어쓴 늙은이
시력 안 좋아 자주 눈 비비는 늙은이
이곳저곳 살펴 주춤대는 늙은이
낡은 한 건물에 멈춰 선 늙은이
젊은 날 삶터 그곳이던 늙은이

6부

고 방창갑 시인

방창갑 시인, 그를 기린다
그가 활동한 30여 년 지난날을 기린다
그는 시집 『꽃을 보는 마음』을 남겼다
그는 그 제목의 마음으로 진해를 보았다
도시를 보고 이웃을 보았다
오랫동안 버티던 적색동 거리를 지켜보았다
그 적색동 지금도 어딘가 있으리라
꽃으로 본다고 꽃 같을 수야 있으랴마는
그는 꽃을 보는 마음으로
진해를 사랑하다 갔다

나는 경남엠비씨 그를 추모하는 방송에서
그런저런 얘기를 하였다

고얀 수작

머릿속의 지인들
안부 나누고 싶을 때가 있다
헌데, 하나같이 다
안부 나누고 싶어 해야 마땅하나

고얀 수작이
끼어든다
친소親疏가 고개를 쳐든다
누구는 되고
누구는 그냥 지나친다

까짓것 그 수작 고개 들지 못하게
꾹 누르면 되는데

내 고향故鄕은 모향母鄕이나니

그대들 고향은,
고향이 고향이지만
내 고향은 어머니 사는 곳
가까우면서도 아득히 먼
모향母鄕이 고향이나니

그대들 고향은,
부모 고향이 고향이지만
내 고향은 어머니 사는 곳
어머니만 오도카니 보이는
모향母鄕이 고향이나니

싱거운 짐작

가끔 싱겁게도
조물주의 입장 되어 보느니

어쩌다 세상 만들어
자신과 비슷한 인간 만들어
지배층으로 존재하게
한 것은 이해되느니

그 인간 70억 넘어
이 지구 땅덩어리 그 무게
위태한 대책으로
전쟁 일으켰다 전염병 퍼뜨렸다가
전전긍긍 무모함도 이해되느니

70억 생사를 쥐고
일일이 뒤치다꺼리를 관장하느라
어쩌면 지금 후회로
하얗게 밤새우는 건 아닌지
싱거운 짐작이여

한 무명을 위하여

— 대구 10월사건에 부쳐

내 고향 칠곡군 인동 시루골 한 지인
훤칠하고 잘 생기고 머리 좋았다
어딜 봐도 반듯하고 믿음직한 청년이었다
진작 대구에 있었다는 풍문 돌았다
어쩌다 마을 떠났는지 알 이유 있으랴
그런 그를 대구 10월사건 이후 다시는
보지 못했다는 사람들 기억이었다
어린 날 나는 그로 하여 왠지 몸이 떨렸다
먼 친척이라 그랬는지 어쨌는지
사람들 어느덧 다 떠나고 나도 늙었다
잊혔고 이제 헛것 잡는 거지만
그 난리 속 무명 청년 그뿐이랴?
나는 대구 10월사건 들먹일 적마다
마음속 무덤에 그냥 묵념할 뿐이니

바깥을 나선다

신문을 보다가
바깥을 나선다

'올해, 죽는 사람보다 태어나는 사람이 적다
지금은 네 사람이 한 사람을 부양 책임지나
30여 년 후에는 한 사람이 한 사람을 부양하는
시대가 온다'

바깥에 나선다고
나간 김에 한바탕 동네를 돈다고
식을 내 몸의 열기는 아니다

다시 돌아와
신문을 접었다 폈다 하다
바깥에 나선다
그렇게 몇 차례 반복한다

지금 할 짓은
이 짓뿐인가?

이제라도

— 여든의 길섶

이제라도
꼿꼿하자
지금까지 그렇게 살지 못했더라도

잡을 거리에
의지할 거리에 집착 말자
발 디딜 자리 변변찮더라도

이제라도
허둥대지 말자
어지럽더라도
꼿꼿하기 쉽지 않더라도

너와 나

무슨 기척이 있었던가
어찌 보면 있은 듯도 하고

막상 둘러보면
증발한 잔영 흔적 같은
그런 무엇으로 어디 남았는지?

가만 들으면
무슨 여운 같은가
귀를 대 보기도 하는데

있은 듯 없는 듯
드러날 수 없는 것인데도
그냥 살피는 막연함이여

그리우나 잡히지 않고
막상 잡으려 들면 사라지는
무엇인가 너와 나는

지금 저문 문턱에

일본 오사카 변두리 경사진 산판이다
그는 막노동 행색의 몇과 손발 맞춰
나무를 베어선 수레에 싣는다

그런 일이 정규적인 일 일리는 없고
마냥 헐떡이는 막벌이꾼이지 싶다

그날따라 그의 눈에 밟히는
젖먹이 안개처럼 잡혔는지 어쨌는지
빨리 일 끝내고 그놈 안아야지
그런 생각이 얼핏 들었는지 어쨌는지

그 감상이 어느 순간 수레바퀴에 걸려
그 길로 다시 못 오는 길로 가고
그 젖먹이는 영영
그와 끝장나고 말았는지 어쨌는지

그곳이 어디인지
허다한 동족이 험지에 징용되어

산화한 경우 얼마나 많았는데
그나마 나앉지 싶은 산판 자리

그날 젖먹이는 세상 기 채우다
지금 저문 문턱에 서 있다

경주에 가면

나는 경주에 가면
볼거리에 홀리어
목병을 쉽게 앓는다

한쪽을 먼저 보고
한쪽은 나중 천천히
훑어보면 되련마는

자유

햇살같이 바람같이
너도나도
자유! 자유! 자유

그 햇살과 바람도
어떨 때는
피하고 싶을 때가 있다

'차광遮光'으로
'방풍防風'으로

시에도 답이 있구나

이제 때가 되어서일 것이다
한 번씩 장례비가 궁금할 때가 있다

알아봤자 그렇고
몰라도 그런 일이지만
장례식장에 물어보자니 그렇고
장례 경험이 있는 사람에게
묻기도 그렇고
엉거주춤 있는데

우연히 창비 2016년 여름호
최영미 시인의「죽음은 연습할 수 없다」를
읽다가 거기 장례비용이 나열되어 있어
그래, 시에도 답이 있구나 싶어

꽃값은 나중 계산이라는 여운이 있지만
대충 계산해 보니 218만 원인 걸
확인한다

그래, 시를 읽어
장례비를 아는 것은
아무래도 신기하여 읽고 또 읽는다

알아봤자
내가 어쩔 수 있는 일도 아닌데

그런 날은 올 것이다

그런 날은 언제일지 모르지만
분명 올 것이다
감옥은 있으나 죄수가 없고
죄수 없으니 간수가 필요 없는 날
그리하여 교도소 텅 비고
죄수로 존립하던 검사 판사 모조리 필요 없고
그들 으스대던 법원 검찰청
텅 비어 을씨년스러운 날 분명 올 것이다
지금은 한갓 희망사항이나
그런 날 분명 올 것이다
그런 날 오면 정말 살맛 나는
세상 될 것이다
지금은 웃기는 상상에 불과하지만

통일 병

눈 감으나 뜨나 이상하구나
압록강 두만강 아른거리누나
언제던가 백두산 가는 길에
얼핏 멀찍이 보았을 뿐인데

대동강 부벽루 아른거리누나
사진으로 얼핏 보았을 뿐인데
지척인 듯 그 정경 선명하누나
정신 차려보면 지극히 허황한데

독재자

쉽다, 마음먹으면
너를 함락하는 것쯤
무릎 꿇리는 것쯤이야 쉽다
너를 지배하기
아니, 노예 만들기쯤 쉽다
저 북녘 반쪽
그 너머 대국 따위같이
코로나바이러스 같은 것 한 움큼
요소요소에
귀신 모르게 숨기기만 하면
그래놓고 겁주기만 하면
아니 잘 조종하기만 하면
군대를 명령할 것도
눈 부라릴 것도 없다
떠들썩하게 핵폭탄 만들 것도 없다
저 북녘 누구처럼
너도나도 독재자 저절로 된다
지금 누가 그걸 노리는지
이런 상상

현실화하긴 쉽지 않겠지만
그 독재자도 결국은
희생자가 될지언정

오하룡 시인 연보

1940년 일본 출생(원적 경북 구미) 구미, 창원, 부산 등에서 성장
1964년 월간 『농업연구』 편집부원, 1970년 월간 『최신원예』 편집장(흥농종묘)
1964년 시동인지 『잉여촌』 창간 참여, 2020년 현재 35집
1975년 시집 『모향母鄕』으로 등단(평설: 申東漢 평론가)
1986년 『경남문학』 초대 편집장, 1989년 마산문인협회장 지냄
1985년 도서출판 경남 창립(편집인), 2005년 발행인
1996년 계간 『작은문학』 창간, 2016년 반 연간으로 변경(현재 통권 57호)
2005년 도서출판 경남 대한출판문화협회 입회
2014년 출판 산업기여 장관 표창(문화관광체육부)

현재; 한국문인협회 국제펜클럽 한국본부 자문위원, 한국현대시인협회 지도위원, 한국농민문학회 자문위원, 한국작가회의, 한국아동문학인협회, 경남시인협회, 경남문인협회, 경남작가회의 회원, 경남아동문학회 마산문인협회 고문

〈저서〉

1975년 시집 『모향母鄕』 간행(춘추각)
1981년 시집 『잡초의 생각으로도』 간행(월간문학사)
1985년 시집 『별향別鄕』 간행(도서출판 글방)

1987년 시선집 『실향失鄕을 위하여』 간행(도서출판 경남)

1992년 시집 『마산에 살며』 간행(도서출판 경남)

1993년 시집 『창원별곡』 간행(도서출판 빛남)

2004년 시집 『내 얼굴』 간행(도서출판 경남)

2005년 동시집 『아이와 운동장』 간행(도서출판 경남)

2011년 시화집 『오하룡 서홍원 시화집』(도서출판 경남)

2013년 시집 『몽상과 현실 사이』 간행(도서출판 경남)

2017년 시집 『시집 밖의 시』 간행(도서출판 경남)

2019년 시선집 『母鄕 失鄕 그리고』(도서출판 경남)

2021년 시집 『그 너머의 시』(황금알)

〈수상〉

1982년 제5회 마산시문화상 수상(마산시)

1999년 제38회 경상남도문화상 수상(경상남도)

2003년 제1회 휴머니즘 문예상 수상(휴먼클럽)

2005년 제12회 한국농민문학상(본상)수상(한국농민문학회)

2006년 제17회 경남아동문학상 수상(경남아동문학회)

2006년 제16회 시민불교문화상 수상(창원불교연합회)

2014년 제7회 한국문학백년상(한국문인협회)

2014년 제37회 한국현대시인상(한국현대시인협회)

2115년 제3회 마산문학상(마산문인협회)

2018년 제3회 경남시문학상(경남시인협회)

2019년 제11회 남명아동문학상(경남아동문학회)

황금알 시인선

01 정완영 시집 | 구름 山房산방
02 오탁번 시집 | 손님
03 허형만 시집 | 첫차
04 오태환 시집 | 별빛들을 쓰다
05 홍은택 시집 | 통점痛點에서 꽃이 핀다
06 정이랑 시집 | 떡갈나무 잎들이 길을 흔들고
07 송기흥 시집 | 흰뺨검둥오리
08 윤지영 시집 | 물고기의 방
09 정영숙 시집 | 하늘새
10 이유경 시집 | 자갈치통신
11 서춘기 시집 | 새들의 밥상
12 김영탁 시집 |새소리에 몸이 절로 먼 산 보고 인사하네
13 임강빈 시집 | 집 한 채
14 이동재 시집 | 포르노 배우 문상기
15 서 량 시집 | 푸른 절벽
16 김영찬 시집 | 불멸을 힐끗 쳐다보다
17 김효선 시집 | 서른다섯 개의 삐걱거림
18 송준영 시집 | 습득
19 윤관영 시집 | 어쩌다, 내가 예쁜
20 허 림 시집 | 노을강에서 재즈를 듣다
21 박수현 시집 | 운문호 붕어찜
22 이승욱 시집 | 한숨짓는 버릇
23 이자규 시집 | 우물치는 여자
24 오창렬 시집 | 서로 따뜻하다
25 尹錫山 시집 | 밥 나이, 잠 나이
26 이정주 시집 | 홍등
27 윤종영 시집 | 구두
28 조성자 시집 | 새우깡
29 강세환 시집 | 벚꽃의 침묵
30 장인수 시집 | 온순한 뿔
31 전기철 시집 | 로깡땡의 일기
32 최을원 시집 | 계단은 잠들지 않는다
33 김영박 시집 | 환한 물방울
34 전용직 시집 | 붓으로 마음을 세우다
35 유정이 시집 | 선인장 꽃기린
36 박종빈 시집 | 모차르트의 변명
37 최춘희 시집 | 시간 여행자
38 임연태 시집 | 청동물고기
39 하정열 시집 | 삶의 흔적 돌
40 김영석 시집 | 거울 속 모래나라
41 정완영 시집 | 詩菴시암의 봄
42 이수영 시집 | 어머니께 말씀드리죠
43 이원식 시집 | 친절한 피카소
44 이미란 시집 | 내 남자의 사랑법法
45 송명진 시집 | 착한 미소
46 김세형 시집 | 찬란을 위하여
47 정완영 시집 | 세월이 무엇입니까
48 임정옥 시집 | 어머니의 완장
49 김영석 시선집 | 모든 구멍은 따뜻하다
50 김은령 시집 | 차경借憬
51 이희섭 시집 | 스타카토
52 김성부 시집 | 달항아리
53 유봉희 시집 | 잠깐 시간의 발을 보았다
54 이상인 시집 | UFO 소나무
55 오시영 시집 | 여수麗水
56 이무권 시집 | 별도 많고
57 김정원 시집 | 환대
58 김명린 시집 | 달의 씨앗
59 최석균 시집 | 수담手談
60 김요아킴 야구시집 | 왼손잡이 투수
61 이경순 시집 | 붉은 나무를 찾아서
62 서동안 시집 | 꽃의 인사법
63 이여명 시집 | 말뚝
64 정인목 시집 | 짜구질 소리
65 배재열 시집 | 타전
66 이성렬 시집 | 밀회
67 최명란 시집 | 자명한 연애론
68 최명란 시집 | 명랑생각
69 한국의사시인회 시집 | 닥터 K
70 박장재 시집 | 그 남자의 다락방
71 채재순 시집 | 바람의 독서
72 이상훈 시집 | 나비야 나비야
73 구순희 시집 | 군사 우편
74 이원식 시집 | 비둘기 모네
75 김생수 시집 | 지나가다
76 김성도 시집 | 벌락마을
77 권영해 시집 | 봄은 경력 사원
78 박철영 시집 | 낙타는 비를 기다리지 않는다
79 박윤규 시집 | 꽃은 피다
80 김시탁 시집 | 술 취한 바람을 보았다
81 임형신 시집 | 서강에 다녀오다
82 이경아 시집 | 겨울 숲에 들다
83 조승래 시집 | 하오의 숲
84 박상돈 시집 | 와! 그때처럼
85 한국의사시인회 시집 | 환자가 경전이다
86 윤유점 시집 | 내 인생의 바이블 코드
87 강석화 시집 | 호리천리
88 유 담 시집 | 두근거리는 지금
89 엄태경 시집 | 호랑이를 탔다
90 민창홍 시집 | 닭과 코스모스
91 김길나 시집 | 일탈의 순간
92 최명길 시집 | 산시 백두대간
93 방순미 시집 | 매화꽃 펴야 오겄다
94 강상기 시집 | 콩의 변증법
95 류인채 시집 | 소리의 거처
96 양아정 시집 | 푸줏간집 여자
97 김명희 시집 | 꽃의 타지마할
98 한소운 시집 | 꿈꾸는 비단길
99 김윤희 시집 | 오아시스의 거간꾼
100 니시 가즈토모(西一知) 시집 | 우리 등 뒤의 천사
101 오쓰보 레미코(大坪れみ子) 시집 | 달의 얼굴

102 김　영 시집 | 나비 편지
103 김원옥 시집 | 바다의 비망록
104 박　산 시집 | 무야의 푸른 샛별
105 하정열 시집 | 삶의 순례길
106 한선자 시집 | 울어라 실컷, 울어라
107 김영철 어린이시조집 | 마음 한 장, 생각 한 겹
108 정영운 시집 | 딴청 피우는 여자
109 김환식 시집 | 버팀목
110 변승기 시집 | 그대 이름을 다시 불러본다
111 서상만 시집 | 분월포芬月浦
112 잇시키 마코토(一色真理) 시집 | 암호해독사
113 홍지헌 시집 | 나는 없네
114 우미자 시집 | 첫 마을에 닿는 길
115 김은숙 시집 | 귀뜸
116 최연홍 시집 | 하얀 목화꼬리사슴
117 정경해 시집 | 술항아리
118 이월춘 시집 | 감나무 맹자
119 이성률 시집 | 둘레길
120 윤범모 장편시집 | 토함산 석굴암
121 오세경 시집 | 발톱 다듬는 여자
122 김기화 시집 | 고맙다
123 광복70주년, 한일수교 50주년 기념 한일 70인 시선집 | 생의 인사말
124 양민주 시집 | 아버지의 늪
125 서정춘 복간 시집 | 죽편竹篇
126 신승철 시집 | 기적 수업
127 이수익 시집 | 침묵의 여울
128 김정윤 시집 | 바람의 집
129 양　숙 시집 | 염천 동사炎天 凍死
130 시문학연구회 하로동선夏爐冬扇 시집 | 안개가 자욱한 숲이다
131 백선오 시집 | 월요일 오전
132 유정자 시집 | 무늬
133 허윤정 시집 | 꽃의 어록語錄
134 성선경 시집 | 서른 살의 박봉 씨
135 이종만 시집 | 찰나의 꽃
136 박중식 시집 | 산곡山曲
137 최일화 시집 | 그의 노래
138 강지연 시집 | 소소
139 이종문 시집 | 아버지가 서 계시네
140 류인채 시집 | 거북이의 처세술
141 정영선 시집 | 만월滿月의 여자
142 강홍수 시집 | 아비
143 김영탁 시집 | 냉장고 여자
144 김요아킴 시집 | 그녀의 시모노세끼항
145 이원명 시집 | 즈믄 날의 소묘
146 최명길 시집 | 히말라야 뿔무소
147 시문학연구회 하로동선夏爐冬扇 시집 2 | 출렁, 그대가 온다
148 손영숙 시집 | 지붕 없는 아이들
149 박　잠 시집 | 나무가 하늘뼈로 남았을 때
150 김원욱 시집 | 누군가의 누군가는
151 유자효 시집 | 꼭
152 김승강 시집 | 봄날의 라디오
153 이민화 시집 | 오래된 잠
154 이상원李相源 시집 | 내 그림자 밟지 마라
155 공영해 시조집 | 아카시아 꽃숲에서
156 미즈타 노리코(水田宗子) 시집 | 귀로
157 김인애 시집 | 흔들리는 것들의 무게
158 이은심 시집 | 바닥의 권력
159 김선아 시집 | 얼룩이라는 무늬
160 안평옥 시집 | 불벼락 치다
161 김상현 시집 | 김상현의 밥詩
162 이종성 시집 | 산의 마음
163 정경해 시집 | 가난한 아침
164 허영자 시집 | 투명에 대하여 외
165 신병은 시집 | 곁
166 임채성 시집 | 왼바라기
167 고인숙 시집 | 시련은 깜찍하다
168 장하지 시집 | 나뭇잎 우산
169 김미옥 시집 | 어느 슈퍼우먼의 즐거운 감옥
170 전재욱 시집 | 가시나무새
171 서범석 시집 | 짐작되는 평촌역
172 이경아 시집 | 지우개가 없는 나는
173 제주해녀 시조집 | 해양문화의 꽃, 해녀
174 강영은 시집 | 상냥한 시론詩論
175 윤인미 시집 | 물의 가면
176 시문학연구회 하로동선夏爐冬扇 시집 3 | 사랑은 종종 뒤에 있다
177 신태희 시집 | 나무에게 빚지다
178 구재기 시집 | 휘어진 가지
179 조선희 시집 | 애월에 서다
180 민창홍 시집 | 캥거루 백bag을 멘 남자
181 이미화 시집 | 치통의 아침
182 이나혜 시집 | 눈물은 다리가 백 개
183 김일연 시집 | 너와 보낸 봄날
184 장영춘 시집 | 단애에 걸다
185 한성례 시집 | 웃는 꽃
186 박대성 시집 | 아버지, 액자는 따스한가요
187 전용직 시집 | 산수화
188 이효범 시집 | 오래된 오늘
189 이규석 시집 | 갑과 을
190 박상옥 시집 | 끈
191 김상용 시집 | 행복한 나무
192 최명길 시집 | 아내
193 배순금 시집 | 보리수 잎 반지
194 오승철 시집 | 오키나와의 화살표
195 김순이 시선집 | 제주야행濟州夜行
196 오태환 시집 | 바다, 내 언어들의 희망 또는 그 고통스러운 조건
197 김복근 시조집 | 비포리 매화
198 시문학연구회 하로동선夏爐冬扇 시집 4 | 너에게 닿고자 불을 밝힌다
199 이정미 시집 | 열려라 참깨
200 박기섭 시집 | 키 작은 나귀 타고
201 천리(陳黎) 시집 | 섬나라 대만島/國
202 강태구 시집 | 마음의 꼬리
203 구명숙 시집 | 몽클

204 옌즈(閻志) 시집 | 소년의 시少年辞
205 문학청춘작가회 동인지 2 | 그날의 그림자는 소용돌이치네
206 함국환 시집 | 질주
207 김석인 시조집 | 범종처럼
208 한기팔 시집 | 섬, 우화寓話
209 문순자 시집 | 어쩌다 맑음
210 이우디 시집 | 수식은 잊어요
211 이수익 시집 | 조용한 폭발
212 박 산 시집 | 인공지능이 지은 시
213 박현자 시집 | 아날로그를 듣다
214 시문학연구회 하로동선夏爐冬扇 시집 5 | 너를 버리자 내가 돌아왔다
215 박기섭 시집 | 오동꽃을 보며
216 박분필 시집 | 바다의 골목
217 강흥수 시집 | 새벽길
218 정병숙 시집 | 저녁으로의 산책
219 김종호 시선집
220 이창하 시집 | 감사하고 싶은 날
221 박우담 시집 | 계절의 문양
222 제민숙 시조집 | 아직 괜찮다
223 문학청춘작가회 동인지 3 | 고양이가 앉아 있는 자세
224 신승준 시집 | 이연당집怡然堂集 · 下
225 최 준 시집 | 칸트의 산책로
226 이상원 시집 | 변두리
227 이일우 시집 | 여름밤의 눈사람
228 김종규 시집 | 액정사회
229 이동재 시집 | 이런 젠장 이런 것도 시가 되네
230 전병석 시집 | 천변 왕버들
231 양아정 시집 | 하이힐을 믿는 순간
232 김승필 시집 | 옆구리를 수거하다
233 강성희 시집 | 소리, 그 정겨운 울림
234 김승강 시집 | 회를 먹던 가족
235 김순자 시집 | 서리꽃 진자리에
236 신영옥 시집 | 그만해라 가을산 무너지겠다
237 이금미 시집 | 바람의 연인
238 양문정 시집 | 불안 주택에 거居하다
239 오하룡 시집 | 그 너머의 시